死にたいんじゃなくて、こんなふうに生きたくないだけ

クォン・ラビン 著
チョンオ 絵
桑畑優香 訳

&books

死にたいんじゃなくて、こんなふうに生きたくないだけ
by Kwon Rabin

This Japanese edition was published
by TATSUMI PUBLISHING CO.,LTD. in 2025
by arrangement with Kwon Rabin c/o
KCC(Korea Copyright Center Inc.), Seoul.

Book Design by albireo

死にたいんじゃなくて、
こんなふうに
生きたくないだけ

プロローグ

生きていくのは、たやすいことではありません。だからこそ、「こんなふうに生きるなら、死んでしまいたい」という気持ちが頭をよぎることもあるのでしょう。

でも、もう少し深く心を見つめてほんのちょっとだけ考えを変えてみると、本当は「死にたいんじゃなくて、こんなふうに生きたくないだけ」と気づくかもしれません。

心には、本人でさえ気づいていない表と裏があるものです。

本当に恐れているのは「死」ではなく、じつは「自分の人生を愛せなくなる瞬間」かもしれません。

たとえ「生きたくない」と感じる日々が続いても、心の隅に「それでも生きたい」というかすかな火種が残っているのなら、その火を消さないで。それこそが、あなたがより良い明日を望んでいる証だから。

わたしはあなたの「道」になりたい。
心の逃げ場のように、
息ができる小さな穴のように、
ここで少しだけ体を休められるように。
だから、もうすこしだけ歩いてみましょう。
「生きていてよかった」と思える日が、きっと来るように。

CHAPTER 1
「だいじょうぶ」が「本当にだいじょうぶ」になるまで

CHAPTER 2

また泣ける日を願いながら

CHAPTER 3
あなたの記憶

CHAPTER 4
これからわたしに会いに来る愛に

MON TUE WED THU 아픈FRI SAT SUN
TO DO LIST
아픈 금요일.

CHAPTER 1

「だいじょうぶ」が
「本当にだいじょうぶ」に
なるまで

15万ウォンの明日

どこかに行きたい。ふと、そう思った。でも、通帳の残高はわずか15万ウォン。これから半月を賄うためのわたしの生活費すべてだ。もうすぐ午後4時、そしてお金もない。それなのに、海を見たいという衝動に駆られ、チケットを買って電車に乗り込んだ。

こんな想定外の瞬間を愛しているのは、計画どおりに進まないのが人生だから。わたしは時々、衝動的な感情に身を任せる。

ひとり旅なんて絶対に無理だと思っていたのに、海が見える宿にひとりで泊まり、砂浜に座ってひたすら海を眺めた。なんとなく買った缶ビールを空っぽのお腹に流し込みながら、ただ海だけを見ていた。

捨てる場所が必要だった。

別れを経験したあと、このあふれる愛という感情を、どこかに流してしまわなければならなかった。

通り過ぎる人たちが、波に濡れてぐしゃぐしゃになったわたしを見ていた。そんなこともお構いなしに、海の向こうに沈む太陽を見つめた。ほどなく闇が包み、わたしは真っ暗の海を前に横たわり、夜空を見上げた。すると、突然涙が波のようにどっとこみ上げてきた。

すべてが崩れ落ちるようにつらいとき、15万ウォンの旅を思い出す。長い人生のたった一日にすぎないけれど。

あの日の経験は、過去を整理して明日へと進む旅だった。

あなたは海、宇宙、
あるいはそれ以上

青い海を船が横切っても、海が傷つくことはない。

人生もそれと同じ。

困難やあらゆる逆境、大きな不幸が訪れても、
人生が傷つくことはない。

海のように大きな幸せが、人生を満たしているのだから。

一瞬のことで、人生の羅針盤を見失わないで。

「だいじょうぶ」が「本当にだいじょうぶ」になるまで

「だいじょうぶ」が「本当にだいじょうぶ」になるまで、いったいどれくらい待てばいいのだろう。そんなことを考えている。

別れの経験をつづったりして自分をさらけ出すのは、もううんざり。そう感じていたけれど、日々の感情、人生そのものを記すのがわたしの仕事なのだと受け入れるようになった。

つらい記憶について書くのも、成長には必要なこと。誰かをとがめるのではなく、自分の苦しみは自ら背負うべきだと信じているし、文章だけが思いをぶつけられる場所。だから、逃げるように思いのたけを吐き出した。

悲しくたって、つらくたっていい。

誰かに何かを言われても、噂されても、気にしない。わたしのありのままを見て、受けとめてくれる人がいれば、わたしは本当にだいじょうぶ。そう思えるようになったとき、本当にだいじょうぶになるのだと気づいた。

だいじょうぶになろうと努力していれば「本当にだいじょうぶになった」とわかる瞬間が訪れる。周りのことばに振り回された自分を責めないように、感情に寄りそって穏やかな気持ちになるように。わたしはわたしに時間をあげるのだ。ひたすら、ずっと。

たとえ「本当にだいじょうぶ」になっても、
幸せを感じられないかもしれない。
でも、それでもいい。
これから幸せになるために、
まっすぐ歩みつづければいいのだから。

あなたを定義するのは
あなた

他人のことばであなたを定義することはできない。

周りの目を気にしないのは簡単ではない。でも、他人のことばに振り回されたり、動揺したりしてはダメ。そうすると、自分ではなく他人が決めつけた人生を生きるようになってしまうから。

背の高い人、低い人、やせている人、そうでない人。わたしたちは多様性に満ちている。どんな姿でも美しく、ゆるぎない自尊心を持つ人もいれば、外見に恵まれていても、他人のことばかり気にして自分を苦しめ、幸せになれない人もいる。

「みんながこうしているから」と周りばかりを気にしているのは、自分を追い詰めてしまうだけ。他人の視線とことば、行動に動じてはダメ。あなたを定義できるのはあなただけ。あなたがどんな容姿や価値観であれ、あなたを大切にしてくれる人は、かならず存在するのだから。

「自分と違う」という理由で他人をさげすむ人が間違っているだけで、あなたはとても素敵な人。外見だけで判断する人のことは気にしないで。その人は欠点ばかりをあげつらうはずだから。

わすれないで。
あなたはあなたであり、あなたの定義は他人ではなく、あなた自身がするのだということを。

うつわとザリガニ

「あの人はうつわが大きい」と言うけれど、
そのサイズはさまざまだ。
海が入る大きさの人もいれば、
宇宙がすっぽり入る人もいる。

時に挫折しながらも、
命懸けで脱皮するザリガニのように、
自らのうつわを割ってしまうリスクを冒したり、
あえて壊したりする人がいる。

その挑む姿勢が、うつわを満たす世界を大きくする。

無駄ではなかった
父のことば

「自慢ばかりする人には近寄るな」
「ひけらかすのは自信がない証拠」
「『実るほど頭（こうべ）を垂れる稲穂かな』ということばのように、謙虚であれ。でも、謙遜しすぎると傲慢に見えることもあるから、ほどほどに」
「他人の悪口を言う人から離れなさい。その人は、きみのことも裏でもっとひどいことばでけなすはずだから」
「善良に生きなさい。善も悪もすべて自分に返ってくる」

かつては余計なお世話だと思っていたけれど
いまでは理解できる年齢になってしまったことばたち。

Run Away

どこにも秘密を打ち明ける場所がない。

このまま消えてしまいたい。
逃げ出したい。

満ち潮と引き潮のような感情の波にもまれて
なす術（すべ）もなく、わたしはただ立ちつくす。

うらやましい

早く結婚した人を見ると、うらやましくなる。これ以上、
出会いと別れに心をすり減らす必要がないということ。
家に帰ってもひとりじゃないということ。自分の家族が
できるということ。目を合わせて一緒にご飯を食べる人
がいるということ。一日の始まりと終わりに愛する人が
そばにいるということ。

それがとてもうらやましい。

そんな感情が湧きあがるたびに、
わたしは凜(りん)としていたいと思う。

幸せになるための
7つの方法

1. 寂しさを紛らわせるために恋をしない
寂しさから始まった関係は、良い結果を生み出さない。
残るのは、より大きな寂しさと虚(むな)しさ、傷だけ。

2. いつも笑顔で
ありきたりに聞こえるかもしれないけれど、勝者は「最後に笑う人」ではなく、「よく笑った人」。幸せに大きさなどないのだから、ささやかなものに喜びを見つけよう。
道端に咲く花、澄んだ空、心地よい雨音。幸せは、目を開き、耳を澄ますだけで見つけられる。

3. 心に余裕をもつ
毎日がせわしなく、ちょっとした余裕をもつことさえ難しい日々。でも幸せって、そんな「ちょっとした」余裕に宿るもの。

4. ひとりの趣味を楽しむ

ひとりでも楽しめる趣味があり、夢中になって楽しんでいると、周りに良い人たちが自然と集まってくる。

5. 与えることを心がける

悪口をことばにすれば、そのまま自分に跳ね返る。
誰かに手を差しのべれば、いつか自分が救われる。
どんな行いも自分に戻る。だから良いことだけを与えよう。

6. いつも感謝の気持ちを忘れない

どんなに小さな親切も、すごく特別なこと。「ありがとう」ということばを口にするだけで心が豊かになる。

7. いまこの瞬間の愛を伝えよう

すべてがあっという間に過去になる。だから愛する人への気持ちは、はっきりことばで伝えよう。察してもらえるなんて考えるのは大間違い。後悔しないように、いまこの瞬間、思いをことばにしよう。

ある男の物語

とある壁の片隅に、ある男が書いた文を見つけた。それを読んで、涙が止まらなかった。

「父さんと僕を置いて母さんが家を出た日。僕はその日、母さんが去ってしまうと気づいていた。一生懸命寝たふりをして、母さんがいなくなったあと、声を殺して泣いたんだ。涙を流しながらためらう母さんを引き留めなかったのは、自分の人生を生きてほしいと思ったから。幸せになってほしかったから。軍隊生活を送る僕に、母さんは手紙を送ってくれたね。たまらなく会いたくなって電話すると、母さんは『どなたですか』とたずねて沈黙し、しばらくして僕の名前を呼んだ。あの時、僕は声を出さずに泣いていたんだ。何も言えないまま電話を切ってしまったけど、僕を忘れずにいてくれて、ありがとう。僕は今、とてもつらい日々を生きていて、母さんにすごく会いたい。母さん､母さん。母さんに会いたい」

すっかり大人になった男が、「母さんに会いたい」とつづる文。それは、わたしの文章に驚くほど似ていた。

思わずペンを手に取り、その下に書き加えた。

「母さんも息子に会いたい。ごめんね」

その男は母親に再会できたのだろうか。

3つの嘘

「大丈夫」
「元気だよ」
「ご飯もしっかり食べて、最近はぐっすり眠れてる」

愛する人たちに心配をかけたくないから、
安心してほしいから、
だからこそこんな嘘をつく。

だけど、話し方を変えても声でバレる。
元気じゃないし、
ご飯もろくに食べていないし、
ちゃんと眠れていないと、
愛する人はわかってる。

愛しているから。

愛していれば、相手の小さな変化にも気づく。あえてそれ以上は聞かずに、気持ちを伝える手紙を書いたり、元気が出るものを送ったり。延々と小言を並べたてるのも、時には沈黙を保つのも、思いやりと愛があるから。

愛する人にはすぐバレてしまう、3つの嘘。

数字に負けちゃダメ

数字に負けちゃダメ。
数字に怯えたり、
振り回されたり、
追いかけたりしてはダメ。
数字が力を与えてくれるのは一瞬だけ。
成果を持続させるのは、
初心を忘れずコツコツ積み重ねる自分の努力だ。

追うべきは数字ではなく、夢と目標。
夢や目標に向かう心がまえ次第で、
お金や数字はついてくる。

表現

表現できないことと、表現しないこと。
それはまったく別の問題だ。

早くに大人びた人々

早熟な人たちは、
未来の精神力を前借りしているようなものだという。
だから、大人になりきれない部分もある。

早くに大人びた人たちのほとんどは、
幼い頃に困難や苦痛に直面した経験がある。
愛する家族が去ってしまったり、さまざまな状況や家庭環境で十分な愛を受けられずに育ったり。

だから、つらい状況になったとき、自分が「しんどい」と言うと家族や親しい人たちが苦しんでしまうのではないか、いまそばにいる人たちも失うことになるのではないかと、感情を抑えてしまうのだ。

周りの顔色を窺い、がまんしつづけながら大人になった人は、人間関係や感情表現が未熟な子どものままだ。

「期待したり頼ったりすると、去ってしまうかも」
「また失なってしまうかも」

表面的には強く見えるかもしれないけれど、実際はそうじゃない。そんな自分を責めないで。もし、早熟なあなたを受け止めて、未熟な部分を教えてくれる人がいるのなら、その人から多くを学べば、きっと幸せになれるはず。もし、早熟で悩んでいる人がいるのなら、あなたが支えていくことで、その人もきっと幸せになれるはず。

人間関係で
傷つかない方法

この頃、わたしは振り回されてばかりいる。だまされそうになったり、本当にだまされたりして、人を信じるのが難しくなった。だから、自分が傷つかないために誰も信じず、心の隙を見せないようにしようと思った。そうすれば、その人が何をしても傷つかずにすむから。

ところが、疑い深くなりはじめると、人が好きなのに人が怖くなった。人らしく生きることができなくなった。傷つかないように線を引いたことが、また別の傷を生んだ。

他者の心の弱さにつけ込み、悪意ある行動をする人が悪いのであって、傷ついた人に非があるわけではない。誰かを信じて愛したことが罪になるはずがない。悪事は因果応報。他者に涙を流させた人は、それと同じだけ自分も涙を流すことになるはず。

人を信じ、人を愛し、傷つくのは自然なこと。受けた傷にとらわれて執着するのではなく、「ああ、そうかもしれない。そうなんだ」と受けとめればいい。

世のなかには無限の愛と信頼を与えてくれる存在がいる。過去の傷や痛み、苦しみをすべて受けとめてくれる存在が、かならず現れるはず。雨や雪の日ばかりでないように、あたたかい日ざしが降りそそぐ日があるように。

だから、もう少しがまんして生きていこう。
その日のために。

「緊急連絡先を書いてください」

ひとり暮らしが十年近くになると、家族との関係もだんだん希薄になっていく。一番近く、もっとも愛すべき存在であるにもかかわらず、一番遠く、もっともややこしいのが家族だ。愛するがゆえに言いたいことをぐっと飲み込み、わたしの心はどんどん硬く閉じていく。

新しい職場に入社したときや、病院に入院したり手術を受けるときに、かならず言われる
「緊急連絡先を書いてください」
という一言が、わたしをじりじり追い詰める。

緊急連絡先に記す人がいないのだ。
友だちや恋人の名前を書いても、その人たちは本当の保護者ではない。そんな事実が、わたしを孤独の底に突き落とす。

わたしの保護者はわたし。
そんなわたしはどうしたらいいのか。

비상연락망을 적으시오.

「大丈夫」と言われたい

日々の暮らしで、自分はひとりぼっちなんだとまざまざと感じる瞬間がよくある。

体調を崩し、つらい体を引きずりたどり着いた病院の待合室で、付き添いがいないのは自分だけだと気づかされたとき。

人間関係にトラブルを抱えているわけではないのに、スマートフォンの連絡先に、“いますぐ”連絡できる人がいないと気づいたとき。

何か、誰かにすがりたいのに、頼れる人や場所がどこにも見つけられないとき。

悲しみや怖れがこみ上げ涙をこぼしても、その涙に気づき、涙のわけを理解しようとしてくれる人が誰もいないとき。

特別な日や休日に、家族や友だち、恋人などとはしゃぎ
過ごす人の様子をメディアやSNSで見たとき。

あたたかいシャワーを浴びたり、おいしいものを食べな
がら面白いバラエティ番組を見たり、好きなことをたく
さんしたにもかかわらず、虚しさばかりがつのるとき。

誰かにそばにいてほしい。わたしをすっぽり包んでくれ
る人。わたしもその人を抱きしめてあげるから。

切々と迫る孤独が嫌い。ひとりでも堂々としていたいのに。元気なふりをしながら時々崩れ落ちる自分をどうすればいいのか。わからない。

誰かにかけてほしいのは、「大丈夫」ということば。
「憂うつな気持ちなんて、すぐに消える」と。
どこかに属することを認められ、いつも誰かに必要とされる価値のある人。
そんな存在にわたしはなりたい。

それ以上
たずねないこと

この頃、新しい人に出会うたびに一番望んでいるのは、
「それ以上たずねないこと」だ。

いろいろな話をするなかで、
わたしが少しでも話しにくかったり、
不愉快な気持ちになったりするとき。
それ以上たずねずに沈黙するのは、
わたしを待ってくれるという意味だから。

たくさん質問されるなかで、
どう答えればいいのか、
正直に話せばいいのか、言い返せばいいのか。
嘘が苦手なわたしは、ことばを選ぶのに時間がかかる。

だからなのか、
新しい関係を築くのが好きだったはずのわたしは、
いまでは、慣れた人の懐のなかから
垣根の外を眺めるだけ。

仮面をかぶることも捨てることもできずに、
どうしたらいいのかわからないまま。

だからわたしは、相手にもそれ以上たずねない。
気づいていても、全部知っていても、
わたしが投げかける「なぜ」という問いに
相手が傷つかないように。
自ら話してくれるまで、ずっとそっとそばにいる。

「それ以上たずねないこと」
それは、わたしにとって思いやりであり、抱擁であり、
愛だから。

わたしへ

わたしのことを、まるごと一番愛することができるのは、
わたし自身だ。

他の人を理解して認めようとする前に、
まずは自分の気持ちを考えて。

「ノー」と言うべき時に言えるのは、心が健康だからこそ。
断ることを恐れないで。

何が好きで、何が嫌いなのか。自分に問いかけてみて。

自分に優しく親切に。
自らを否定して追い込めば、自分がつらくなるだけ。
ポジティブな心がまえを続ければ、
自然と「わたしのことばと行動」が生まれてくるから。

大切なのは、運動と瞑想。
運動をして汗を流しシャワーを浴びると、
さわやかな気分になる。

そのまま瞑想をして、頭を空っぽにしてもいいし、
心の奥深くに入り込み自分を省みてもいい。

幸せになろうと努力したり、
自分を急き立てたりしてはダメ。

余裕がなければ、大きな幸せにも不安を感じ、
小さな幸せにも満たされない。

ありのままの気持ちを受け入れれば、
心はもっとしなやかに強くなる。

「30分後に」
それは、
幸せになれる魔法の呪文

友だちとわたしが、どっぷり落ち込んでいたときのこと。
誰かに会う予定もないのに、明るく華やかな服を着て、
きちんとメイクをしていたわたしに、友だちがたずねた。

「どこに行くの?　誰と会うの?」

わたしは答えた。

「予定はないけど、もしかして突然何かが起きるかもしれないから。落ち込んで待っているだけなんて嫌。だから、毎日30分だけ待つことにした。わたしにとって木のような存在になってくれる誰か、わたしが包んであげられる誰かに出会うかもしれない。毎日30分ずつ幸せになる。そう信じているから、しっかりメイクをしてきれいな服を着るようにしているの。あなたも30分だけ待ってみたら?　少し先の今日がどうなるか、わからない。わたしは、30分後の人生に懸けてる」

友だちはこう言った。

「30分……。もし、30分経っても幸せが訪れなかったら?」

わたしは答えた。

「じゃあ、あと30分だけ待てばいい。長すぎず、待ちくたびれないように。いつかきっと幸せになれると信じてる。だから決めたの。30分だけって。そうすれば、小さなことにも幸せを見つけられるから」

友だちはクローゼットを開けて服を選び、メイクをした。
そしてふたりで街に繰り出した。
幸せになる魔法の呪文「30分後に」をとなえながら。

いつ訪れるかわからない無数の時を待つのはしんどい。
だから、発想を変えてみた。
30分後にわたしはかならず幸せになれる。
そうならなければ、あともう30分だけ待ってみよう。

SIDE STORY

母へ

わたしを捨てた人は、いつかまたわたしを捨てるかもしれない。
そう気づいたのは、23歳のときだった。

9歳のとき、母はわたしのもとを去っていった。その後13年もの間、生きているかどうかさえわからなかった。ところが21歳のクリスマスに、いとこを介して一通のメールが届いた。母は、「お母さんを覚えていますか」というメールを、わたしと同じ名前のたくさんの人に送っていたのだ。

突然のメッセージに、頭が真っ白になった。どうしたらいいのかわからず、スマートフォンの画面をただぼんやりと見つめていた。

「どうして?」「いまさら何なの?」

母がそばにいてくれたら。
そう思った瞬間が、数えきれないほどあった。

友だちが母親とショッピングに出かけたり、まるで友だち同士のように接していたり、「お母さんとケンカした」と愚痴をこぼしたりした瞬間。誰かに「それかわいいね、どこで買ったの？」とたずねたときに、「お母さんが買ってくれたの」と返ってきた瞬間。
他の人にはあたりまえの小さな日常が、どうしようもなく切なかった。

幼い頃は、ただただ怒りがこみあげた。
「世のなかはどうして何でも“お母さん”を必要とするのだろう」と。
振り返れば、父を気づかうあまり、弱音を吐けなかった。学校の先生たちは、同情の目でわたしを見ながら、古い問題集やおやつをそっと手渡してくれた。好意を断れず、みじめだった。「大丈夫」なはずなのに「大丈夫じゃない」と言われているようで。
小学校から高校まで、ずっとそんなふうに生きてきた。

もちろん、みんな善意でやってくれたとわかっている。

それでも、望んでいない親切は、ただわたしを傷つけるだけだった。母親がいないのは自分のせいではないのに、周囲の視線を正面から受け止めるしかなかった。ひとりではどうにもならないことが増えるたび、世のなかを恨んだ。

13年ぶりに再会した母は、わたしの記憶のなかの母とは違っていた。背はわたしよりも低く、声も覚えていたのとは異なっていた。子どもがいないと聞いて、やっとわたしの手の震えが止まった。

そう、あまりにも長い時が過ぎた。
記憶は幻想と混ざりあい、
残るのは思い出の美しい部分だけ。
別れたとき、わたしはまだ9歳で、
世のなかのすべてが大きく見えていたから。

悲しくて、やるせなかった。
母の前では涙を見せずにいたけれど、

家に帰るタクシーのなかで声を上げて泣いた。

それからしばらく母と電話をしたり会ったりしていた。
うちとけられたと思った。
でも、それは私の勘違いだった。

一年も経たないうちに、母はまた別の大きな傷をわたしに与えて、再び去っていった。

こんなことになるなら、何のために。
こんなことになるなら、いったい何のために。

お母さん。
「もっとも卑劣なのは、子どもを捨てた女だ」と、どこかで読んだことがある。わたしも、お母さんに再会するまでは、ずっとそう思っていた。だってわたしを置き去りにしたのはお母さんだから。でも、お母さんがわたしを捜しつづけ、学校で遠くからこっそり見守っていたと知ったとき、「ああ、わたしはひとりぼっちじゃなかったんだ」と思えた。だけど結局、またわたしを傷つけて去っていった。

お母さん。
もういいよ。自分の人生をちゃんと生きて。この文章をお母さんが読むかどうかはわからないけれど、わたしは夢を叶えたし、さらなる夢を追いかけながら元気に暮らしてる。ふたりで居酒屋に行ってビールを飲みながらおしゃべりした夜は、本当に楽しかった。誕生日には、わかめスープを作って持ってきてくれたね。実は、もったいなくて飲めなかった。そんな何気ない日常こそが、わたしが望んでいたことだったから。

わたしはもう、お母さんをすべて許してる。もしこの文章を読んでも、どうかわたしを捜さないで。元気で、幸せに暮らしてね。

CHAPTER 2

また泣ける日を
願いながら

がまん

誰かをぎゅっと抱きしめたい。
そう願うときこそ、焦らないで。
寂しいから恋をするなんて、愚かなことだから。

抱きしめられたいと望むなら、
その人のすべてを包み込む心をもって。
愛されたいと思うなら、
そのときまでがまんする強さをもって。

それぞれの人にとって、必要な時間は違うのだから。

恋しさとは

恋しさとは、幸せだった記憶のなかで
湧きあがる感情だという。
でも、幸せでなかった瞬間さえ恋しいと思うなら、
それは自分でも気づかないうちにすべての瞬間を愛し、
幸せだったということ。
もし、恋しいと思う瞬間がたくさんあるのなら、
それは良い人生を歩んできたということ。

食いしばり、耐えぬき、一生懸命生きてきたという証。

人間関係

甘ければ飲み込み、苦ければ吐き出す。

それが人間関係を保つコツ。

愛において優先順位が
愛であるべき理由

愛を与えても受け取ることができない人なら、
ためらうことなく背を向けて。
その人は、言い訳ばかりを口にするはずだから。

感謝とお詫びを知らない人なら、
心惹かれてもあきらめて。
愛を与えても待つだけで、
泣くほどつらい日ばかりになるはずだから。

目の前で自然と嘘をつく人なら、付きあわないで。
その人が吐くことばが、
あなたの心を壊してしまうはずだから。

あなたを後回しにする人とは、かかわらないで。
愛における優先順位が低いことを知りながらも、
ひたすら耐えるばかりになるはずだから。

経験したから知っている。
わたしのことを大切に思っているのなら、
与えた愛に応えようと努力したはず。
ささいなことにも感謝を感じたはず。
待つ日々ではなく、笑顔に満ちた日々になったはず。
愛における優先順位が愛であったはず。

俳優のソ・ミンジョンの夫アン・サンフンは、
月に2回14時間飛行機に乗って
地球の反対側に住む妻に会いに行ったという。
芸能人だからではなく、お金持ちだからではなく、
愛における優先順位を知っているから。

もちろん、愛されたいのなら
愛される人でなければならない。

素敵な人になれば、素敵な人がやってくる。

自分を磨き、育て、輝かせるほど、
素敵な人に出会う機会は多くなる。

優しさは才能であり
努力である

人の性格は生まれつきの部分もあるけれど、
周りの環境や家庭の影響も大きい。

そんななか、逆境に負けずに才能を開花させた
思いやりあふれる人もいる。

その人は、目に見えない数多くの努力をしたはず。
すべての結果には過程があるのだから。

一夜にしてすべてが変わることはない。
ゆっくり着実に自分を磨いたからこそ、
望みどおりの未来を手にできるのだ。

思いやりある人に出会うたびに、
わたしはその人の過去を思う。

どれだけ努力を重ねたのか。
それはどんなに壮絶だったのか。

大切なのは
うつわではない

アルミの食器に盛られたご飯と陶器に盛られたご飯、
そのどちらも盛られているのはご飯。

うつわだけに惑わされて、
目を曇らせてしまうのであれば、
その人の品性もその程度だってこと。

29歳なのに

愛をたっぷり受けて育った人は、与えることも受け取ることも知っている。でもわたしは、受け取ることも与えることもよくわからず、どうしたらいいのか、心の中で何百回も考える。相手とわたしが傷つくのではないかと、何千回も怯えてしまう。

子どもの頃にたくさん愛をもらっていたら、違っていたのだろうか。本当に愛する人にやっと出会えたのに、わたしはまだ9歳の子どものように弱虫だ。もっと与えてほしいとせがみ、もっと受け取ってほしいと駄々をこねる。そんなわたしに「大丈夫だよ、大丈夫」と言ってくれる人のおかげで、目が潤み鼻の奥がつんとする。
降りそそぐ愛の雨にずぶぬれになって。
ぬれて溶けていく雪だるまのように消えそうになって。
子犬のように声を上げて泣き叫ぶ。

背丈はすっかり大人になったけど、
心はまだ子どものように小さくて、
ひとりぼっちにしないでという気持ちやことばを、
そんなふうにしか表せないわたし。

関係の始まり

人生におけるすべての人間関係は、
あらゆる違いを尊重し、認めること。

心の支配

世界で一番悪いのは、わたしをみじめにさせる人。

わたしに自責の念を抱かせる人。

過ちと修復の連続

自分を追い込み、ネガティブなことばで苦しめ責めたら、
何かが変わるのだろうか。

選ばなかった道を悔やむのは、自然なこと。
でも、後ろだけを見つめて生きるのは、もったいない。

あなたの前には澄みわたる未来が広がっているのに。
あのときあなたが選んだ道には、
幸せも、経験も、学びもあったはず。

あのとき感じた気持ちを忘れないで。
逃したことを後悔するより、
選んだことで得た幸せを大切にしたほうが、もっといい。

過去の自分を憎むのではなく、人生を楽しんで。
感じたこと、経験したこと、見たこと。
すべてに幸せを感じるだけでも、人生は満たされる。

自分を追い込み、自分を憎んだわたしは、
そうしても何も得るものはないと気づいた。
それでなくても生きていくのは大変なのに、
自分自身を責めないで。
自分をもう少ししっかりと見つめ、大切に。

過去の過ちを受け入れれば、
もう一歩、新しい自分に近づくことができるから。

人生は過ちと修復の連続。
だから、自分のことを苦しめないで。

人生でもっとも
役に立たなかったこと

他人の目ばかり気にして、自分を気づかわなかったこと。

過ぎたことに執着しすぎて、愚かな振る舞いをしたこと。

自分を愛さなかったこと。

起こりもしないことを心配して、
ずっとびくびくしていたこと。

「大丈夫」ということばが
口ぐせになってしまったこと。

自分を大切にしてくれない人たちとの関係を
無理やりうまく続けようと努力したこと。

望むことややりたいことに勇気を出せず
挑戦できなかったこと。

自分らしくない過去を後悔しているのなら、
こうした行動はやめて、自分のために生きること。
自分が一番幸せであってこそ、
周りに手をさしのべられる。

忘れないで。
一番大事なのは、あなた自身なのだから。

コンプレックス

他人をもっとも傷つけるのは、
自分のコンプレックスから吐くことばだという。

でも、そのことばが
自分のコンプレックスによるものだと
気づいていないのは、本人だけ。

子どもだって、わかってる

時々、大人は勘違いする。
「子どもには、わからないだろう」と。

でも、自分の子ども時代を振り返ってみると、
幼くても他人の気持ちを感じることはできるし、
わからないのではなく、
わからないふりをしていたことが多かった。

子どもに対して、いいかげんな約束をしてはいけない。
守れない約束なら、最初からしないほうがいいし、
約束が守れない理由を理解するように強いるのではなく、
理解できるようにサポートしてあげるべきだと思う。

大人は人生の知恵を生かして
子どもを導いてあげるべきだ。
自分が子どもの頃に受けた傷を繰り返さないために。
誰かにあたたかく包んでもらった気持ちに、
恩返しするために。

気が利く人は、年齢に関係なく
相手のことばや表情、行動から察して
さりげなく手をさしのべる。

その場しのぎの嘘は、相手を傷つけるから。
相手が大人でも、子どもでも、それは同じこと。

親しい人であれば
あるほど

親しい人であればあるほど、
相手が嫌がることをしないように気をつける。
良い記憶よりも悪い記憶のほうが長く残るものだから。

親しい人であればあるほど、
関係を丁寧に磨くように気を払う。
雑にあつかうと、サビついてしまうから。

親しい人がそんなふうにしてくれたなら、
自分もそんな人になろうと気を配る。
愛は、一緒に努力してこそ育つのだから。

教えてください

教えてください。

最悪の瞬間にそばにいてくれた人は、
一生忘れてはいけないというけれど。
その人と別れたことで、
もっと最悪の状態になってしまったら、
わたしはどうすればいいのでしょうか。
どう生きていけばいいのでしょうか。

トラウマ

恐怖と痛みが繰り返し再生されるビデオのなかに
登場する自分の姿を、
自分が抱きしめてあげなければならないということ。

また泣ける日を
願いながら

反抗心を燃やしていた思春期に、家出したことがある。二日間身を寄せたのは、友だちの家。その子が一緒に暮らす姉は留守がちで、時々親戚の叔父さんが来るという家は、ひっそりとしていた。なぜか、部屋の片隅には、きれいに整えられた同じ学校の男子生徒用の制服がかけられていた。

友だちは言った。
「兄は制服を着る日を心待ちにしていたけれど、結局着ることができなかった」

一晩中語り明かした友人の話は、涙なしには聞けなかった。16歳のその子が経験した人生は、「幼くして両親を亡くした」というシンデレラの物語のようで、ドラマのようで、映画のようで。母親が早くに癌で亡くなり、その後、兄が中学校入学を目前に白血病で亡くなり、父親も癌で亡くなり。大人になった姉はしばしば家を空け、叔父が時々様子を見にきてくれる。そんな日々のなか、友人は玄関の前でこう願ったという。
「すべてが夢であって、このドアを開けたら、家族が笑顔で迎えてくれたらいいな」と。
でも、ドアを開くと、ぬくもりも音もなく、ただ静寂がその子を包むだけだった。

友だちはこう語りながら、まったく涙を見せなかった。
淡々とことばを吐き出すようになるまで、どれだけ泣いたのか、想像すらできなくて。空っぽの瞳をした友人の現実が苦しくて。わたしはその子の手をぎゅっと握りしめ、代わりに声を上げて泣いた。

あなたはいま、どこで何をしているの？
また泣けるようになった？

わたしは願う。
友だちがまた、涙を流せるようになることを。
涙が涸れるのではなく、
ささやかなことにも幸せを感じて泣ける人になることを。

どうか、きっと。

행복이라는 이름을 가진 눈물

自分を愛する方法

自分を愛するのは難しい。
自分の傷と欠点を痛いほどわかっているから。

そんなあなたをまるごと愛してくれる人が現れても、疑心暗鬼になって自分の欠点をあげつらねたり、「どうしてこんなわたしが好きなの」と問いつめてしまったり。

でも、決して忘れてはならないのは、宝くじに10回当たるよりも稀（まれ）な、まるで奇跡のような確率で生まれたあなたは、家族から、いや、家族だけじゃなく、すべての人に愛されるべき価値があるということ。

立場を変えて考えてみて。
欠点と傷を抱えてうずくまっている人がいたら、
あなたは無視して通り過ぎるだろうか。
自分の姿に重なってみえるその人を、
抱きしめてあげたいと思うのではないか。

大人になってから「自分を愛する方法を知りたい」という人にたくさん出会った。周りが望む人生を一生懸命生きた末に、自分を愛する方法を見失って迷い、苦しむ人たち。自分を愛する方法は、学校も家族も教えてくれないから。

自分を愛したい。だけどどうすればいいのかわからない。

小さなことでいいから、
自分という存在に価値を与えてみて。
それをよりどころにあなたが立ち上がることができるなら、自分を愛する第一歩になる。

それがきっと、人生で一番大切なこと。

大人が知っておくべき子どもとの対話法

大人が自分の感情に任せて子どもの過ちを叱ると、その子は心の扉を閉じて、深い陰の洞窟に隠れてしまうだろう。子どもにとって、自分がつくった洞窟が一番安全な場所だから。

もし子どもが間違いをおかしたら、追いつめるのではなく、理由を聞いてみて。その子は理由をたずねてくれるのをずっと待っているのかもしれないから。

理由を聞かずに叱ったり、無視したりすれば、その人は満たされない心と傷を抱えたまま、体だけ大人になってしまうだろう。

時が経っても忘れられないことばがある。

子どもだから、幼いから、わからないだろうと投げつけられたことば。

人間関係のトラブルの原因のほとんどは「会話不足」。小さい子でも対等に、きれいな心で長く残ることばをかけて。愛で包んであげれば、もっと大きな愛を返してくれるはずだから。

犬と散歩 そして別れ

いろいろな人に出会い、話に耳を傾けると、
悲しい話がいっぱいある。

あるとき、親しい先輩から悲報を聞いた。
３日前に家族だった犬が虹の橋を渡ったと。

目を閉じていてもわかった。
その人はできるだけ淡々と話していたけれど、
震える声から、
涙があふれているのだと。

別れはいつもそうだ。
誰かがいた場所には
ぽっかりと穴が開いてしまう。
その穴は他のものでは埋められない。
残された人は
わざと穴から少しだけ離れてみたりする。
近づくと自分が壊れてしまいそうだし、

遠ざかると寂しくなるから。

わたしの犬も
自分より長生きすることはないと知っているけれど、
別れを想像したくないと願うのが
愛なのかもしれない。

散歩から帰ったら、
犬におやつをたくさんあげよう。

人生は失敗と
後始末の連続だから

自分をネガティブなことばで苦しめ、責めれば、
何かが変わるのか。

逃したことを後悔する気持ちは
よくわかるけど、
でも、だからといって
後ろばかり向いていたら、未来は始まらない。

あのとき、選んだ道には、
幸せも、学びもあったはず。
だから、そのときの感情を大切に。

逃したことを後悔するより
選んだことで得た幸せを
もっと大事にしたほうがいい。

過去の自分を憎むのではなく、
失敗を受け入れて認めれば
もう一歩進んだより良い人になれるはず。

人生は過ちと後始末の連続。
だから、自分を苦しめないで。

文とことばと本

生きるのは、どうしてこんなにつらいの？
そう思う瞬間がある。

逆に、こんなに幸せでもいいの？
そんな瞬間も訪れるはず。

わたしが進む道なき道は
絶対に間違っていないと信じれば、
きっとそれが一番の近道になる。

「心配しないで」
「大丈夫」
「すべてうまくいくから」
「がんばっているね」

誰かが手をさしのべて、
「大丈夫だよ」と励ましてくれたら。

そう願いながら、
ありふれたことばに救いを求めている。

不安にひとりで立ち向かい、
前に進むわたしに勇気を与えてくれる、
誰かのあたたかい一言。

そのことばを信じて、わたしはまた、前に進むのだ。

ありふれた一言が、時にはわたしを救ってくれる。
文、ことば、本。
そのすべてが、わたしを救う力。

좋아
걱정하지마
잘될거야
잘 하고 있어
괜찮아

SIDE STORY

ああ、そうかもしれない という心がまえ

友だちと一緒にNetflixで配信されている韓国映画をテレビで観たときのこと。扇風機の音、換気扇の音、エアコンの音、部屋のなかで飼い犬たちがかけ回る音……。テレビの音がよく聞こえなかったので、字幕の設定を韓国語にした。韓国映画を韓国語字幕で観るのが初めてだったわたしは、すべてのセリフと効果音が字幕で表現されるのが不思議で、「わざわざ全部文字で見せる必要があるのだろうか」と思った。でも、すぐに気づいて反省した。

世のなかは変わりつつあるんだ。

かつて何度も読んだ『わたしは耳が不自由』というウェブ漫画を思い出した。作者は、韓国映画を観たかったけれど、ほとんどのDVDには韓国語字幕の設定がなかった。だから、あきらめざるを

えず、どうしても観たい映画は、映画館で映像を目に焼き付けたあと、ウェブサイトで視聴者が書いたあらすじや解説を読んだという。
『わたしは耳が不自由』を愛読していたのは2015年、もう9年前のこと。ずっと映画を観るのをあきらめていた人たち、そしてわたしと少し違う人たちにとって、世のなかは少し良くなったのかもしれない。

そう考えたら、心がちょっぴりラクになった。わたしにとって不便だったことが、誰かにとっては便利になったのだと悟ったから。こんなふうに四角い枠にはまっていた世のなかは、だんだん丸く変わっていくのだと気づいたから。

声を上げる努力は、無駄ではなかった。

文章を書くたびに、わたしはそう思う。小さな声たちが、少しずつ世のなかを変えていくのだと。

かつて勤めていた会社には、体が不自由な方たちがたくさん働いていた。耳が不自由な人、脳性まひによる障がいがある人など。そこではみんなが同じ立場で、お互いを尊重しながら、アイコンタクトを取って仕事をしていた。

Netflixに韓国語字幕ができたのは、そして世のなかがこんなふうになったのは、ごく最近のこと。これまで、「違い」を尊重せずに差別の対象にして、時にはかわいそうだからという理由で、偏見や先入観、色眼鏡をかけたまま、同情したり相手の立場への配慮が欠ける軽率な行動をしたりすることがあった。しかも、たくさん。
LGBTQに対してもそうだった。初めてソウルを訪れた21歳のときのこと。弘益（ホンイク）大学で、「同性愛者は悪魔だ」と声を張りあげ、大きなプラカードを掲げていた人たち。眉をひそめて見ていたわたしは、がまんできなくなってこう言った。
「違うからって、責めなくてもいいのでは? なぜ自分の考えを他人に押しつけるんです? 道の真んなかで、不特定多数の人たちに迷惑をかけながら大声で叫ぶのは、本当に正しいことでしょうか」

そもそも話が通じる相手ではないし、殴られるかもしれない。それでも言いたいことを言ったのは、道行く人たちがつらそうな表情だったから。十年前、性的少数者に対する視線がいまよりもずっと厳しかったときの出来事だ。人ではなく虫けらでも見るような目つき。自分たちの考えとことばが正しいという叫び。耐えられなかった。もし、通りすがりの人のなかに性的少数者がいたら、とても苦しい思いをしたに違いない。

自分の考えを自由に述べるのは良いことだけど、
ただ選んだ道が自分と違うだけなのに、「正しい
こと」を強要してはいけないと思う。

大切なのは、「ああ、そうかもしれない」と他者
を認める心がまえ。世のなかは違いや例外に満ち
ているのだから。

CHAPTER 3

あなたの記憶

むなしい金曜日

まだあなたが恋しく、あなたと一緒にいたいと願う。

金曜日が来るたびにわくわくしていた心は、週末がくるたびに孤独で、ただずっと、あなたがいた場所を見つめている。

MON TUE WED THU 아픈FRI SAT SON
TO DO LIST
아픈 금요일.

別れとは

恋とは、ふたりでするものだけど、
別れとは、それぞれがひとりでしなければならないもの。

「好き」を
あきらめることにした

あなたを好きでいることを、あきらめることにした。
駆け引きしたり、周りの目を気にしたりする恋は、
つらく哀しすぎたから。

好きになっただけなのに、失うことが多すぎて、わたし
はただただ後悔した。嘘で飾ったあなたにとって、真実
とは何なのか。あなたのことばと行いを信じたわたしが
間違っていたのか。

わたしは深く傷ついた。かすかに期待していたから。

愛はどこへ消えたの。
「好き」と言ってくれたあなたはどこへ消えたの。

わたしのものだと 思っていたけど、 間違っていた

あなたという人は
つかもうとすると、
指のあいだからするりと逃げてしまう。
抱きしめようとすると、
腕の隙間から消えてしまう。

かつてわたしは、
あなたを逃すまいと
ぎゅっと握りしめつづけていた。

でも、一滴二滴とこぼれて
落ちた場所をぬらすだけ。
時が経つと、それさえも蒸発してしまった。

どんなにあがいてもつかめない。
だからと言って、抱きしめられるわけでもない。

そもそもわたしの考えが間違っていたのだ。
あなたは誰のものでなく、完全にあなただった。

愛が終わったあと

いつ切ったのかさえわからない傷が、
わたしをこんなにも苦しめる。
ひりひりと、神経をとがらせる。
だったら、愛が終わって、
ひとつの世界を失った心は、どうなのか。

愛が終わったあと、わたしの心は死んでしまった。

かろうじて生きながらえたとしても、
愛のなかで咲いたわたしは、
愛とともに枯れてしまった。
再び、無に帰してしまったのだ。

わたしは自分の身を切り裂き、
詰め込んだものを自らの手で取りのぞく。

わたしはこれから何回生き、
何回死ななければならないのか。

あなたの記憶

つらくてたまらないとき、わたしはあなたを思い出す。

息苦しさとめまいで救急治療室に運ばれた日、「わたしは今日で終わりなの?」と不安が襲いかかってきて、恐怖にがんじがらめになった日。

あなたはいつも、わたしのそばにいた。

あなたの名前を何度も呼ぶわたしの指先を、「ここにいるよ」とあたたかい手でぎゅっと包んでくれた。

麻酔から覚めて名前を呼ぶと、すぐに駆けつけてくれたあなた。わたしたちは、つながっていた。もう恋人ではないにもかかわらず。

いまでも苦しい気持ちになるたびに、あなたを想う。
遠いところにいても、別々の道を歩いていても。
わたしを見守っていたまなざしが、いまも忘れられない。

いつもそばにいてくれたあなた。あなたにとって、
わたしはどんな人として記憶されているのだろうか。

一枚の紙

愛と別れは、まるで一枚の紙の表と裏のよう。
憎しみの裏に愛が透けて見えるから、
捨てたいけれど捨てられない。

不幸と別れから逃げられるなら

別れたあとにご飯を食べる。いつものように仕事をして、いつものように眠りにつく。心の底にくすぶりつづける思いを抱えながら……。そんな飼い主の気持ちを知ってか知らずか、小さな犬はおもちゃで遊びながら、わたしをじっと見つめる。

「幸せなときも不幸なときも、一緒にいよう」という約束をかなえるのは、実際にはとても難しかった。いや、難しいと知っていながら、約束ということばで、自分たちを縛ろうとしていたのかもしれない。不幸になれば、悲しみにさいなまれ、愛する人を遠ざけてしまう。自分だけ苦しめばいいはずなのに。その気持ちを愛する人に感じさせたくないというのは、言い訳だろうか。すべての瞬間をともにしたかったはずなのに。そう思うのは未練が残っているからだろうか。不幸のなかに取り残された人と、去った人。それぞれが、不幸と幸せという異なる時を過ごしていく。

あんなにも愛するあなたと、なぜ出会ってしまったのか。別れたのは、出会いが早すぎたためなのか。愛から逃げ出すのではなく、不幸と別れを遠ざけたいのに。そうすることができれば、わたしたちは別れていなかったはずなのに。そんなふうに思ったこともある。

でも、すべての心も、燃えさしのような愛も。

別れの前では、無力だった。それがわたしの、現実だった。

テトリス

関係は積み重ね、
出会いは努力して、
愛は合わせていくものなのに。
そんなふうにならないのなら、
これ以上続ける理由なんてない。

GAME OVER

幻想に幻滅する瞬間

愛がいつかは消える幻想だったとは。

時間を歩く

時間は別れの苦しみを解決してくれるわけじゃない。
時が経っても忘れられない人がいる。

別れは結局、自分で乗り越えなければならない
人生の宿題だった。

愛からわたしとあなたを取り去れば何が残るのか。
手を伸ばしてみても触れるのは、壊れた愛のかけらだけ。

どんなことばを聞いても、読んでも、
つらい気持ちは変わらない。
愛する人との別れとはそういうものだ。

「後遺症」と「後悔」の共通点は、「後」という文字。

愛が終わった後にひきずる思い。

時間がわたしの気持ちを解決してくれるわけじゃない。
愛したときと同じように、別れにも勇気が必要だ。

ばっさりと、切り捨てる勇気。

人生はもうおしまい。

そう思った別れの後も、人生は続く。

その人がいたから幸せだった。

だとすれば、わたしの幸せのために、
その人が必要だったということ。
結局、主役はわたしで、その人ではないということ。

愛は、人は、こんなにもややこしい。

ばらばらになった
わたしとあなた

あなたの手が好きだった。
大きなトゲのようにわたしを刺しつづけても、
わたしはあなたを抱きしめていた。
そんなわたしのベッドの横にはいま、
あなたではなく、
あなたが贈ってくれた白い樹だけが立っている。

白い雪が街を覆った日には、
わたしたちはいつもおそろいの服を着て、
ざくっざくっと雪を踏む音を楽しんだ。
はしゃいで走り回るわたしをつかまえる
あなたの手が好きだった。
転びそうになるわたしの手を
ぎゅっと握って抱きよせてくれたとき、
あなたがいつまでもずっと
わたしのそばにいてくれるのだと信じた。

あまり上手じゃない手書きの手紙をもらうたび
あなたの気持ちを感じて
わたしはいつも泣いていた。

わたしのなかには、
まだあなたがいっぱい詰まってる。
あなたに嫌われてしまうかも。
あなたにとって負担になるかも。
そう思うと、短い文章を書くのも怖くなる。
わたしにとってあなたは、
永遠に涸れない泉のような存在だから。

あなたのなかではわたしは
だんだん点のように
小さくなっていくのだろう。
悲しいけれどあなたの心は
わたしにはどうしようもないのだろう。

春に出会ったわたしたちは冬に別れ、
「僕たちは実りの季節に生きている」と
あなたが言った秋がもうすぐやってくる。

元気にしてる？　と聞きたいけれど、
わたしたちはばらばらになってしまったので、
たずねることもできず、
だからこっそり、こんなふうに書いている。
一緒にいられなくても、あなたが幸せであることを願う。
そして、わたしも。

ゆっくり寝てね。
わたしの分まで。

♀
私

리
たち

水とワイン

繊細さの濃度が異なると、片方は切ない思いでいっぱいになり、片方は申し訳ない気持ちがあふれそうになる。
お互いの濃度が同じになった瞬間、愛になる。

愛した。
世のなかの何にも
代えがたいほど

人と人のあいだには関係が存在し、
そこには信頼、親密さ、愛、情、心がある。
そんな関係が終わると、人と人のあいだには溝ができる。
去る人、捨てる人。

「愛するの対義語は、捨てる」ということばは、
そんなふうに生まれたのではないかと思う。

「去る」
「捨てる」

場所を、関係を、空間を、時間を、心を、愛を、誰かを。

あなたはすでに去ってしまったけれど、
わたしはどうしても、去ることも捨てることもできず、
その場にずっと佇(たたず)んでいた。

もういいかげんあきらめて、
わたしも去らなきゃ。
あなたを捨てなきゃ。

最後の電話であなたが言ったとおり、
わたしたちは別れたのだから。
どんなに愛したとしても、
空間にも、時間にも、心にも、
もう何の力も残っていない。

「別れる」とあなたが言ったから。

わかってる。
わたしたちはずっと前に終わったし、
もう戻れないんだと。

もういいかげんあきらめて、
あなたを捨てようと決めた。
愛していたけれど、
もういいかげん、
あなたから去っていこうと。

つらすぎる恋が、別れを迎えた理由

あれはいつだったか。わたしとあなたが大声でののしりあい、こみ上げる悲しみと涙をこらえていたあの日。怒っていたにもかかわらず、なぜか突然立ち上がり、座っているあなたのもとに行き、ぎゅっと抱きよせた。するとあなたは、がまんしていたものが一気に爆発したかのように、泣きつづけた。まるで子どもみたいに。そんなあなたを強く抱きしめながら、わたしも泣いた。

そのとき、ふと思った。

この人は、こんなふうに誰かの腕のなかで泣いたことがなかったのかも。わたしはあなたを受け止める存在でありたい。どんなに腹が立ったとしても。

しばらくうずくまって泣きながら、お互いの涙と鼻水で
ぐちゃぐちゃになった顔を見つめ、涙を拭きあった瞬間
が、いまも心に焼き付いている。

「きみの愛は自己犠牲的だ」とあなたは言ったけど、
そんなふうに思ったことは一度もない。

ただあなたを愛していただけ。

犠牲でも、誰のためでもなく、
そのままのあなたを愛していただけ。

あなたに出会って気づいた。
プライドなんて、愛の前では何の力ももたないことを。
こんなに悲しくて、つらい恋もあるということを。

もう少し、わたしたちが大人だったら。
体だけでなく、心も大人だったら。

わたしたちは別れずに、いまも一緒にいただろうか。
あなたに言えない「会いたい」という四文字を、
壁の隅に書いてみる。

会いたい。

会いたい。

わたしはまだ、あなたを愛してる。

보고싶다
보고싶다

보고싶
보고싶디

보고싶디
고싶다

보고싶다
보고싶다

SIDE STORY

例外

恋に落ちると、わたしはむしろ不眠症に悩まされるようになった。愛するあなたが去ってしまわないだろうか。わたしはあなたを抱きしめたいほど愛してるけど、あなたも同じ気持ちだろうか。わたしの傷を知ったら逃げてしまうのではないか。そんな無限の束縛に陥った。わたしは、噴水に毎日コインを投げて願いごとをするように、小さい確信のかけらを手にしたいと望んだ。 愛は乞うべきものではないと言うけれど、わたしはあなたにひざまずいても愛を得たいと思っていた。

健全な。正常な。奇妙な。間違った。正しい。

愛を修飾する言葉はあまりに多く、愛にひざまずくわたしは、他人のものさしには合わなかった。

だから、ずっとあなたに抱かれながらも、わたしは眠れぬ夜に悩み、やっと眠って目覚めた朝には、あなたを捜そうと必死だった。あなたがいないと気づいたら、大きな喪失感に飲み込まれてしまうから。不安でいっぱいなわたしにとって、愛する存在はあなただけだったから。ぽっかり穴が開いた心を、そんなふうに埋めるしかなかった。

利己的だった。

静かに寝息をたてるあなたの顔を見ながらも寂しくて、その姿を目に焼き付けながら眠りについた。

すべてをささげたかった。あなたへの思いを全部さらけ出したかった。幼くて不器用な愛のように見えたとしても。あなたが確信できないのなら、わたしが確信を与えよう、と。あなたがつくった

あなたという湖に、わたしは毎日コインを投げて
波をつくり続けた。

わたしたちは知っていたはず。お互いのどん底を。
知っていながら、あなたはわたしを、わたしはあ
なたを、お互いの温度で抱きしめていたのだから。

もしかしたら別れるかもしれないから、自分のす
べてをあなたに捧げた。そんなわたしを愚かだと
言った人たちだって、知っていたはず。愛という
感情は、公式のように正解と不正解があるわけで
はないということを。

もうすべて捧げてしまい、

愛は底をついて空っぽになってしまったから。

わたしはあなた以外の人を愛することができない。

これがわたしの正解であり、正解のない例外だ。

CHAPTER 4

これからわたしに
会いに来る愛に

水に書いた手紙

夢のなかでさえあなたが恋しかったわたしは、
夢のなかでさえ文字にならない水の上に
あなたの名前を書いた。
「会いたい」「愛している」ということばと一緒に。

夢のなかだけど、
わたしの思いがあなたに負担にならないように。

消えて残らない場所にあなたへの思いを書いた。

いつしか消えていく思い

あなたはわたしに言った。
一生ずっと忘れられない人だと。
わたしも同じだった。

愛が訪れる瞬間

長い恋愛が終わったあとに、再び恋をするのは難しい。なぜなら、別れた人との日々や習慣が、自分をつくり上げているから。行きつけのレストランや、居酒屋。小さな路地のあちこちに一緒に過ごした場所と記憶がいっぱい。他の誰かが入る隙間なんてないほどぎっしりと。情というものは、なぜこんなにも自分を変えてしまったのか。ただただ不思議に思ったり。

異なる世界を生きてきたふたりがひとつの世界をつくるには、長い時間がかかるけど、堅い絆で結ばれるのは、手を取りあって歩いた時間があるから。「別れよう」という一言だけで関係を断ち切っても、それぞれが別れを惜しむ時間は必ず必要だ。

他の誰かと会ってみても、つい彼と比べたり、過去を思い出したりして、つまらないと感じてしまう。でも、自分のやりたいことに打ち込んでいると、不思議なことに愛はまた訪れる。皮肉なことに愛は、自分がもう大丈夫になってからやってくる。どん底にいて愛を渇望しているときではなく。

人生ってそんなもの。
わかっているのに、
何度も同じ経験を繰り返してしまう。

ふたつの雪だるま

雪は、しんしんと静かに積もる。
気づかないうちに、ゆっくりと。

愛も雪と同じように、しんしんと静かに積もる。

長い時間をかけて積み重ねた信頼が、
ふたりを特別な存在にするのだ。

雪は、一瞬で溶ける。
小さな水たまりに触れるだけで、あっという間に。

愛も雪と同じように、一瞬で溶ける。

厳しい状況や環境をのりこえながら、長い時間をかけて
積み重ねたにもかかわらず、
ほんの小さな炎ひとつで消えてしまう。

愛がずっと溶けないように。

そう願いながらわたしは、雪の降る日、
小さな雪だるまをふたつつくり、冷凍庫に入れた。

愛を守りたいと願うわたしの心を知っている
同じ気持ちの誰かが、
世界のどこかにきっといることを願いながら。

もしもっと良いタイミングで出会ったら

20代から30代にかけては熾烈な競争に挑み、経験を積み上げる時期だ。だからこそ、愛も、人生も、青春も燃え上がる。学び、出会い、愛しあい、社会生活を始め、足元を固めていく青春時代。

それは、自分がみすぼらしく感じる時期でもある。以前のように近所でささやかなデートをしてもいいはずなのに、家で映画を観るだけでもいいはずなのに。大人になるにつれて、経済力を気にしたり、結婚するなら小さくても家を借りなきゃと思ったり。

男性は経済力をつけて、より高価で素敵なものをプレゼントしたいと願う。忙しいけれど、プレゼントをもらって喜ぶ愛する女性のために最善を尽くそうと。

女性は高価で素敵なものがほしいのではなく、5分だけでも毎日顔を合わせたいと願う。後回しにされるのではなく、ただ一緒にいたいと。連絡や会う回数が減るのは、愛情が薄れているのではないかと心配になる。女性も経済力をつけるために忙しく働いているのに、自分だけが男性に会いたがっているように思えて不安になる。

そこから、だんだんとずれていく。
男性は「もっと素敵な未来のために忙しくしているんだ」と言う一方で、「女性は後回しにされるのが嫌だ」と言う。

男性は「なぜ自分を理解してくれないのか。未来に一緒にいるためなのに」と傷つき、女性はそんな男性の気持ちを察しながらも、「以前のように一緒にご飯を食べたり、会話をしたりする時間が少なくなってしまった」と傷つく。

そして、愛する気持ちは変わらないまま、男性は未来を、女性は現在を思い、別れを迎えることになる。

もっと良いタイミングで出会うことができればよかった。

つらいときも一緒にのりこえたのに、大人になるにつれてそれぞれが抱えるものが大きくなり、肩の荷が重くなる。

いや、もしかしたら
一番いいタイミングだったのかもしれない。

誰もが年を重ねるのは初めてだから、
その選択が正しかったのかわからない。

タイミングって難しい。
ベストを尽くして愛しただけなのに。
もう少し落ち着いた大人として出会っていたら、
わたしたちは、別れずに結婚していたのだろうか。

叶わなかった愛を、ふと思い出す。

空っぽ

思い切って空っぽにしてこそ、満たされるもの。
愛ってきっと、そんなもの。

恋に落ちる瞬間

相手を愛する分だけ、
わたしはわたしをあきらめなければならない。

内なるわたしと向きあう

恋がひとつ終わると、自分を失ったような気持ちになる。
人生の意味とは何なのか、幸せとは何なのか、
記憶を失ったような感覚になる。

でも、その人に出会う前を思い出すと、
わたしは大丈夫だった。

わたしを大丈夫なわたしに戻してくれるのは、
他人ではない。
時間も苦痛を解決してくれない。

崩れたままうずくまっているのではなく、
内なるわたしと向きあいながら、
再び自分を積み上げていけばいい。

足元から、ゆっくりと。
恋や別れは競争ではないから、
心を取り戻すのに近道はないのだから。

忙しいから会えない
という言い訳

「忙しいから会えない」というのは言い訳だ。そう、本当に忙しいのかもしれない。理解できないわけじゃない。だけど、どんどん忙しくなってわたしが後回しにされるとき。時々、「忙しい」という一言でわたしを突き放すとき。嘘や言い訳だと直感でわかっていながら、「そう。わかった」と答えるしかない耐えがたい悔しさ。わたしだけがじりじり焦るその気持ちは、経験しなければわからない。

付きあい始めたばかりの頃は、
「毎日会えないと生きていけない」という人も、
時間が経てば平気になったりする。
忙しいという理由で、愛する人を待たせたり、
嘘をついてまで、自分だけの時間をもちたいと願ったり。

でも。
命が瀬戸際におかれた戦場にも愛は咲き、3つの仕事をかけもちして睡眠時間が2〜4時間だったわたしも恋を

した。長距離恋愛や単身赴任のカップルだって、忙しくても時間をつくって会っている。

理由はかんたん。

忙しくても会いたいから。
一緒にいたいから。
愛しているから。

忙しいからとわたしを後回しにする人じゃなくて、
忙しくても努力する人。

わたしが信じているのは、そんな人。

愛だと信じています、
わたしは

わたしは子どもっぽい。
だって、恋に落ちると、
空想科学だとわかっているのに
血液型とか、星座とか、MBTIとか、
名前占いとか、相性とか
全部チェックしてしまうから。

大好きだから、いい結果が出たらいいなと
ひとりで勝手にときめいて。
悪い結果が出たら、「空想科学だから」と信じないけど。

好きだから、大好きだから。
特に宗教を信じているわけではないけど、
神さまにもわたしたちを祝福してくれたらいいな、って。

うれしいことがあると、あの人をすぐに浮かべるし、
通りすがりにきれいな服を見つけたら、
「あの人に似合いそう」と思うし、
おいしいお店を知ったら、一緒に行きたくなるし。

たぶん時間が経ったら、
いまのように情熱的ではなくなるかもしれないけど、
きっと素敵なものを見たら
まっさきにあの人を思い出すことでしょう。

それが愛ではないでしょうか。
愛だと信じています。わたしは。

愛が目に見えた瞬間

家に帰る電車のなか。
向きあって座る席で隣に座ったひとりの男性の表情が、車窓に映って見えた。その人は指輪をテーブルに置き、まるで別世界にいるかのように。うきうきした表情をしていた。
指輪を見ればすぐにわかる。その人は、誰かにプロポーズをするのだ。何度もケースから取り出して見つめているのは、指輪なのか、愛する人なのか。まなざしからすぐわかる。その人は恋に落ちているのだ。

何度も懐に入れては、取り出して見つめるケースと指輪。
マスクに隠れていても、すぐわかる。
その人は満面の笑顔だった。

わたしも幸せいっぱいになって、
心のなかでエールを送った。

「プロポーズが成功しますように」

また恋に落ちたい、いまこの瞬間。

初雪

今日で十月が半分過ぎた。あと30回寝て起きたら、また初雪の季節がやってくる。愛する人と初雪を初めてともに迎えた日、しんしんと降る雪を見つめ、わたしはロマンチックな伝説を語りながらはしゃいでいた。 初雪の日を好きな人と一緒に過ごすと、その愛は永遠に続くのだと。うれしくて目を輝かせて話すわたしの手を握り、あなたはこう言った。

僕たちは、
これからもずっと一緒に初雪の日を過ごすんだ。

ふたりを季節にたとえれば花咲く春だというわたしと、
実ったものを収穫する秋だというあなた。

だからだろうか。
時が経つにつれて、
春と秋は短く、冬が長く感じるようになった。
あの時、わたしの手を握っていたあなたのぬくもりのせいなのか、「これからもずっと一緒に初雪の日を過ごすんだ」というあなたのことばのせいなのか。

今はそれぞれ違う時間と空間で初雪を迎えるという事実に、心が凍てつく。

あと30回寝て起きる頃には、また初雪が降る。
一緒に過ごした季節が、どんどん遠くなっていく。
手を伸ばしても、一生懸命伸ばしても、
つかむことのできないぐらい、
あの初雪の日ははるか彼方に去っていく。

深みある人

逃げる人ではなく、深みある人として、
あなたのそばに立ちたい。

ことば

ことばは、心に芽生える植物のようなもの。

他者の耳に入り、誰かの心で根づいたり枯れたりする。
だから、できるだけ良いことばや表現を咲かせたい。
自分の心の真実が、相手に長く残るように。

こまやかに愛している

そばにいても、あえてペンを手に取って紙に思いをつづるのは、気持ちをもっと率直に表現したいから。あなたに苦しい思いをさせたことを謝り、本心はそうじゃなかったと知らせたいから。あのとき言えなかった感謝のことばを伝えたいから。

これからはもっと良い人になるという、
わたしの誓いと反省を込めて。
一途にこまやかに愛しつづけるという気持ちで。

子どもっぽいかもしれないし、ちょっと古臭いかもしれないけれど、手書きの手紙を送る。届ける真心は子どもっぽくも、野暮ったくもないように。

これからわたしに
会いに来る愛に

愛を知らなかった人たちが、わたしから愛を受け、愛を
分かちあう方法を学んだあと、すぐにわたしのもとを
去っていく。そして、わたしではなく次に出会う人に、
わたしが与えた愛を、わたしが切望していた愛を伝える。

その事実と向きあうたびに、わたしから離れない本物の
愛はどこにあるのかと、苦しくなる。
わたしを去った人たちが憎くなる。
わたしが求めていた愛だと思っていたのに、必死に努力
してきたのに、与えた愛を受け取るのは、わたしではな
く別の人。

愛を与えるだけでなく、分かちあいたい。
自分を犠牲にして耐えるのではなく、
別れという結末ではなく。
永遠なんて存在しないかもしれないけれど、
「きみと僕の愛は永遠だ」と言われたい。

たとえ破られる約束だとしても、「きみから離れない」
という安全装置のようなことばを聞きたい。

わたしはその人にとって過去になり、
わたしの時だけが止まったまま。

愛とはこんなにも儚(はかな)いものなのか。
愚かな恋をしたわたし。

後悔しないといえば嘘になるけれど、あんなにも純粋に
愛した自分が切なくて、再びそんな恋ができるだろうか
という問いに、わたしはまた賭けをする。

これからわたしに会いに来る愛に。

エピローグ

ご存じですか。犬とトッケビの絵を描くときに、どちらのほうが難しいのか。

「犬の方が簡単でしょ?」と、多くの人が答えます。でも実は、犬のほうがずっと難しいのです。トッケビは見たことがないので自由にイメージして描けるけど、犬はわたしたちもよく知っている。だからこそ、細部までこだわる必要があるのです。

自分の生き方をそのままつづるエッセイも同じ。自分の体験や感情を他の誰かにわかりやすく説得力をもって伝えることは難しい。だからこそ、エッセイは奥深いのだと思います。

わたしもそうです。わたしが書いてきた文章の多くは、自ら経験したことや、耳や心に広がった物語がベースとなっています。だから、最初は苦しかった。幸せや不幸を思い出し、過去の自分と向きあわなければならなかったから。それにもかかわらず本を書き、自分をつづりつづける作家の方たちは、本当にすごいとあらためて感じています。

子どもの頃、わたしはエッセイを読むのが嫌いでした。ありきたりな文章、ありきたりな本ばかり。たいしたこともないのに、「癒し」や「心」を語っている……。そんな傲慢な偏見のなかに、自分を閉じ込めていました。

でも今は、そんな思いが覆るほど深く反省しています。もうすでに3冊も本を書いてしまったわたし。人生とは不思議で、自分でも予測不可能です。

いろいろなエッセイを読みながら考えるようになりました。「この作者は本気で心を込めているのかな？」「一文一文にどれくらいの重みや深さがあるんだろう？」そして悟ったのです。エッセイには、その人の人生そのものが詰め込まれているのだと。だからこそ、「エッセイはあまり好きじゃない」「ほとんど読まない」という声を聞くと、残念な気持ちになります。素晴らしい作家や本がたくさん存在するのに。どんなジャンルにも当てはまらない、自分自身がひとつのジャンルになった人。そういう方の文章や音楽、作品に触れると、心が震えるような感動を覚えます。

特別な肩書が必要ない唯一無二の人。
ちょっとカッコいいと思いませんか？　わたしもいつか、誰かにとってそんな存在になりたくて、書き手として足跡を残していければと思っています。たくさんのクリエイターたちが、自分の道を堂々と歩いて行けるように。

ご存じですか？　誰も通ったことがない道の方が、成功と幸せへの近道であることを。みんなと同じ道を行くのは、「犬とトッケビを描く話」のように、よく知られているがゆえに難しい。だからわたしは、トッケビの絵のように、だれも歩んだことのない道を進みたい。「これは、クォン・ラビンという人が切り開いた道だよ」と言われるように。みなさんも、人生において自分だけの道を見つけられるよう、願っています。

では、またお会いしましょう。
お互いが歩んだ「自分の道」について、語りあえる日を夢見ながら。

死にたいんじゃなくて、こんなふうに生きたくないだけ

2025年3月5日　初版第1刷発行

著者
クォン・ラビン

訳者
桑畑優香（くわはたゆか）

発行者
廣瀬和二

発行所
辰巳出版株式会社
〒113-0033
東京都文京区本郷1-33-13 春日町ビル5階
TEL：03-5931-5920（代表）
FAX：03-6386-3087（販売部）
https://tg-net.co.jp

印刷・製本所
中央精版印刷株式会社

ISBN 978-4-7778-3223-1 C0098
Printed in Japan